펭귄은 펭귄의 길을 간다

● 책에 소개된 현장조사는 환경부 용역 과제 〈남극특별보호구역 모니터링 및 남극 기지 환경 관리에 관한 연구(2, 3, 4, 5) (PG14030, PG15040, PG16040, PG17040, PG18040, PG19040)〉, 해양수산부 극지 및 대양과학연구 사업(20170336) 지원을 받은 〈남극해 해양보호구역의 생태계 구조 및 기능 연구(PM18060)〉에서 얻어진 결과물임을 밝힙니다.

수십 번 넘어져도
다시 일어나면 그만

# 펭귄은 펭귄의 길을 간다

이원영 글·사진

위즈덤하우스

나는 극지 동물의 행동을 관찰하고 연구하는 일을 직업으로 삼고 있다. 그래서 일 년 중 절반 가까이는 북극과 남극에 머물면서 그들을 다양한 각도에서 지켜본다. 남극에서는 현미경을 들여다보듯 펭귄의 흥미로운 행동을 면밀히 관찰하면서, 그 행동이 생태적으로 어떤 의미가 있는지 과학적인 질문을 던지고 실험을 통해 답을 얻는다.

예를 들어, 얼음 위를 걷는 펭귄을 보면 '펭귄이 걷는 속도는 얼마나 될까?' 하는 궁금증이 생긴다. 그럼 펭귄의 몸에 기록계를 부착하고 여기서 얻어진 정보를 계산하여 시속 4킬로미터 정도라는 것을 알아낸다.

하지만 가끔은 질문이나 정답에 대한 생각은 접고 넋을 놓고 펭귄을 바라본다. 새하얀 눈과 얼음 위를 걸어가는 모습을 지켜보고 있노라면, 이토록 아름다운 광경이 있을까 싶다. 직업적 연구자로서의 본분은 잠시 접어두고, 펭귄에 대한 열렬한 팬심이 가득해진다. 한 시간이고 두 시간이고 시간이 어떻게 흐르는지 모른다. 이때는 '관찰'보다 '감상'에 가깝다.

그러나 펭귄의 생활을 지켜보는 시간이 마냥 즐겁지만은 않았다. 처음에는 잘 그려진 풍경화를 보고 있는 느낌이었지만, 곧 그 모습이 진지한 다큐멘터리로 다가왔다. 어떤 녀석은 얼음 위를 걷다가 넘어지기도 했고, 언덕에서 굴러 떨어져 다리를 절뚝거리기도 했다. 나는 펭귄의 삶으로 깊숙하게 들어가 그 안에서 그들을 느꼈다.

다시 그들이 없는 곳으로 돌아가더라도 선명한 이미지로 기억하고 싶었다. 그래서 현장에서 한 장 두 장 사진을 찍었다. 혼자 보기에 아까운 것들은 짧은 글과 함께 개인 SNS에 남겼다.

어느덧 남극을 다섯 번 다녀오는 동안 제대로 정리하지 않으면 구분하기 어려울 만큼 많은 사진이 쌓였다. 한국에 있는 사무실에서도 답답한 기분이 들 때면 남극 사진 폴더를 열어 보곤 한다.

그 안에는 다양한 동물이 살고 있다. 둥지에서 알을 품는 젠투펭귄, 바위에 올라가 짝을 부르는 턱끈펭귄, 바다로 뛰어드는 아델리펭귄, 침을 흘리고 코를 골며 자는 웨델물범까지. 사진을 차례로 넘기다 보면 카메라를 들었을 때의 기분이 되살아난다.

펭귄은 남극에서 그저 그들의 삶을 살고 있을 뿐이다. 나에게 무언가 가르칠 생각도, 어떤 영감을 줄 의도도 없었을 것이다. 그럼에도 나는 펭귄이 밤낮을 가리지 않고 부지런히 새끼를 돌보는 모습에서 성실함을 배웠고, 끝이 보이지 않는 얼음 위를 묵묵히 걷는 모습에서 경외심이 들었다. 그리고 그들을 통해 나 자신을 돌아봤다.

이 책은 과학적 연구 과정을 담은 결과물이 아니다. 그저 진지하게 펭귄을 좋아하는 인간이, 펭귄을 직접 만나는 행운을 얻어 그들을 바라보며 기록한 글과 사진의 모음이다. 연구자로서 연구종에 대한 거리를 유지하지 못하고 그만 선을 넘고 말았다는 비판을 받을지도 모르겠다. 하지만 어느 누구도 펭귄을 가까이에서 오랜 시간 지켜본다면 그 선을 넘지 않고는 배길 수 없을 것이다.

어떻게 살아야 할까 막막할 땐 펭귄을 떠올린다. 하루하루 묵묵히 걷고 또 걷다 보면 어딘가에 다다르는 날이 오겠지. 그러다 보면 뭐라도 되어 있지 않을까 싶다.

이원영

# 남극에 사는 펭귄들

## 젠투펭귄
### Gentoo Penguin

눈부터 정수리까지 이어진 흰색 줄무늬가 포인트.
주황에 가까운 붉은색 부리를 갖고 있다.

## 턱끈펭귄
### Chinstrap Penguin

이름처럼 턱 아래로 검은 띠가 둘러져 있다.
부리는 두툼하고 진한 검은색이며, 눈 주변에 옅은 점들이 퍼져 있기도 하다.

## 남극에 사는 펭귄들

### 아델리펭귄
**Adelie Penguin**

눈 주위에 흰무늬가 있어 다른 펭귄과 쉽게 구별된다.
(마치 눈알의 흰자처럼 보이지만 아니다.)

### 황제펭귄
**Emperor Penguin**

펭귄과 조류 중에 가장 크다. 1미터가 넘는다.
임금펭귄과 아주 흡사하지만 서식지, 새끼의 외형으로도 구분할 수 있다.

# 차례

# 1부

# 먼 길을 앞두고

⋮

긴 여행의 시작.

앞으로 짧으면 이틀, 길면 일주일.

바다로 향하는 펭귄의 뒷모습은 조금 지쳐 보였다.

：

경사가 가파른 언덕 위에 사는 펭귄들도 있다.

아슬아슬 잘도 다니지만 가끔은 굴러 떨어지기도 한다.

참 힘들게 사는구나.

조사를 위해 나도 매일 오르락내리락.

참 힘들게 사는구나.

펭귄은 포식자의 침입을 참지 않는다.
젠투펭귄 둥지 앞을 서성이던 남극도둑갈매기가 쫓겨나고 있다.
호시탐탐 틈을 노리며 기다렸지만 가만히 지켜만 보고 있을 펭귄이 아니었다.
도둑갈매기가 날아가는 순간, 나는 마음속으로 박수를 쳤다.

젠투펭귄 둥지 바로 앞에 떡하니 자리를 잡은 도둑갈매기.
새끼를 품고 있는 부모는 한시도 방심할 수 없다.

이제 막 알에서 부화하기 시작한 젠투펭귄.
새끼가 껍질을 깨고 세상 밖으로 나오는 순간은 언제나 숨죽이
며 지켜보게 된다. 오로지 혼자만의 힘으로 딱딱한 탄산칼슘
벽을 부수고 나와 처음 세상을 마주할 때의 기분은 어떨까.
남극의 차가운 공기를 들이마시며, 비로소 태어났음을 느낄
것이다.

아델리펭귄이 매번 밥을 먹으러 오가는 바다얼음길. 약 5킬로미터 정도 이어진 얼음을 걸어서(혹은 뛰어서) 바다로 갔다가 다시 돌아온다. 얼음은 수평선 끝까지 이어져 바다가 어디쯤에 있는지는 보이지도 않는다. 펭귄은 어떻게 길을 알고 찾아가는 걸까?

나는 펭귄에게 GPS를 달고 펭귄이 돌아올 때까지 얼음 위에서 내내 기다렸다. 사진 속 장면은 스물여덟 시간을 기다려 GPS가 달린 펭귄을 만나기 직전이다. 출발 전에 4킬로그램이었던 녀석은 5킬로그램이 되어서 돌아왔다. 바다에서 크릴 사냥을 잘 마쳤는지 배가 바닥에 닿을 것처럼 불룩 나왔다.

:

부지런히 걷다가도 가던 길을 멈추고 뒤를 돌아볼
때가 있다.
그 뒤에는 새끼와 짝이 있겠지. 앞으로 가야 함을
알지만 동시에 다시 둥지로 돌아가고 싶은 마음.
이내 다시 고개를 돌리고 길을 떠난다. 바다에 닿
으려면 지금부터 얼음 위를 두 시간 넘게 걸어야
한다.

펭귄은 대체로 암수의 외형이 비슷하다. 겉으로 봐서는 지금 알을 품는 녀석이 엄마인지 아빠인지 구분이 잘 되지 않는다. 흰 가슴 깃털에 잔뜩 묻은 얼룩으로 보아 '꽤 오랫동안 둥지에서 꼼짝하지 않았구나' 하고 미루어 짐작할 뿐이다.

또한 새끼를 돌보는 일에서도 마찬가지다. 두 개의 알을 암컷과 수컷이 번갈아가며 품기 때문이다. 알을 낳는 건 엄마지만, 그 뒤로 알을 품는 일은 엄마와 아빠가 교대로 한다.
펭귄을 포함하여 전체 조류종의 약 90퍼센트는 부부가 함께 육아를 한다. 둘 중 하나가 바다를 헤엄치며 먹이를 잡아오는 동안, 다른 하나는 돌을 쌓아 만든 둥지에서 따뜻한 체온으로 알을 품으며 포식자로부터 둥지를 보호한다.

간혹 육아 기간 동안 부부 가운데 한쪽이 사고를 당하는 일도 있는데, 혼자서는 새끼를 무사히 키워내기 어렵다. 실제로 수컷이 바다로 떠난 뒤 둥지에 남아 짝을 기다리는 암컷과 새끼를 본 적이 있다.

어떤 이유인지 수컷은 바다에서 돌아오지 않았고, 남겨진 가족은 보름 동안 제자리에서 기다렸다. 그동안 나 역시 그 둥지에 매일 찾아가서 펭귄 가족의 안위를 살폈다. 오늘은 수컷이 나타났을까 하는 기대와 함께 암컷과 남겨진 새끼에 대한 걱정이 앞섰다.

그렇게 보름이 지났을 무렵, 끝내 새끼 펭귄은 굶주리다가 죽었고 암컷은 홀로 멍하니 있다가 바다로 떠났다.

⋮

아델리펭귄이 바위에 올라 온몸으로 바람을 맞으면서도 꼿꼿이 서 있다. 아무리 햇빛이 좋은 날이어도 남극의 빙하에서 불어오는 바람을 맞으면 체감 온도가 뚝뚝 떨어진다. 펭귄은 어떻게 이런 바람을 버티고 있는 걸까.

매년 극지에 간다고 이야기하면, 어떤 사람들은 "이제 어지간한 추위는 견딜 수 있겠어요?" 하고 묻는다. 남극점에 가장 먼저 도달한 노르웨이 탐험가 로알 아문센은 어려서부터 추위에 익숙해지기 위해 얇은 옷으로 겨울을 버티며 훈련했다는 일화가 전해진다.
하지만 나는 아직 훈련이 덜 된 탓인지 여전히 추위를 많이 탄다. 매년 겪는 일이지만 매년 춥다. 남극에 가기 전에 짐을 쌀 때면 방한 내의를 가장 먼저 챙긴다. 펭귄이 아닌 이상 추위는 쉽게 적응이 되지 않는 것 같다.

얼음이 끝나고 바다가 나타나는 경계의 빛깔은 오로라를 닮았다. 넘실거리는 물결은 필리핀이나 인도네시아의 열대 바다와 같이 에메랄드빛으로 반짝였다.

하지만 실제로 온도계를 넣어보니 바다는 영하 1도였다. 잠시 손을 물에 담그자 금세 손이 시리고 아파왔다. 이렇게 차가운 남극 바다에 정말 먹을 게 많을까?

비록 바다 겉으로 드러나 있지 않지만 펭귄은 그 안에 풍요로운 세상이 펼쳐진다는 걸 알고 있다. 그래서 얼음 끝에서 주저없이 바다 위로 몸을 맡기고 뛰어내릴 수 있다.

⋮

남극의 여름 바다.

검은색 바다가 무서운 걸까.

떠다니는 얼음 위에 모여든 펭귄들이 서성이고 있다.

아델리펭귄이 장거리 수영을 마치고 막 해안에 도착했다.
이 사진은 돌에 미끄러져 양날개를 파닥이며 넘어지고 있는
모습이다. 물속에서는 빠르고 날렵하지만 뭍으로 올라오면 몸
이 마음 같지 않은가 보다.

:

아델리펭귄 세 마리가 바닷가에 자리를 잡았다. 캠핑 텐트 근처에 있던 녀석들인데, 내가 조사를 나갔다가 식사를 하러 돌아올 때까지 여섯 시간이 넘도록 같은 자리에 있었다. 정신없이 왔다 갔다 하다가도 어떤 때는 한없이 정적이다. 얼어붙은 것처럼 미동도 없이 눈만 깜빡인다. 얘네들도 가만히 쉬고 싶을 때가 있는 걸까.

장시간 조사를 하느라 지쳐 있던 나는 이 펭귄들을 보니 쉬어야겠다는 생각이 들었다. 오늘 쉬어야 내일 조사를 할 수 있다. 쉴 수 있을 때 쉬자. 텐트로 돌아가 곧장 침낭 속에 몸을 눕혔다.

남극장보고과학기지(이하 장보고기지)에서 그리 멀리 떨어지지 않은 곳에 케이프워싱턴이라는 보호구역이 있다. 이곳에서는 황제펭귄이 가장 흔한 동물이다. 온통 황제펭귄이고 가끔 도둑갈매기가 머리 위로 날아다닐 뿐이다.

하지만 황제펭귄을 이렇게 쉽게 볼 수 있는 곳은 남극을 통틀어도 손에 꼽힌다. 2010년 기준으로 황제펭귄의 수는 약 25만 쌍으로 추산되는데, 바로 이곳에 전 세계 개체군의 8퍼센트가 모여 있다.

2019년 미국 우즈홀 해양연구소의 보고에 따르면 지금과 같은 기후변화가 계속된다면 2100년에는 3만 6천 쌍까지 줄어든다고 한다. 불과 90년 사이에 전체 황제펭귄의 86퍼센트가 사라지는 것이다. 머지않아 멸종의 길을 걷게 될지도 모른다.

하지만 희망이 없는 것은 아니다. 2015년 유엔 기후변화 회의에서 전 세계 국가들은 파리기후협약을 맺었다. 목표는 2100년

까지 상승 온도를 2도로 막는 것이다. 지금 당장 온실가스 배출을 멈춘다고 해도 지구의 평균 기온이 높아지는 것을 막을 수는 없겠지만 상승폭을 줄여보자고 약속했다. 목표치를 달성하면 황제펭귄의 감소폭도 44퍼센트로 줄어든다. 상승 온도를 1.5도로 막으면 지금보다 31퍼센트가 감소되는 수준에서 막을 수 있다.

만약 지금부터 적극적으로 노력하지 않으면 2030년에서 2052년 사이에 이미 1.5도가 상승할 것이며, 2100년에는 4~5도가 상승하리라는 예측이 나온다. 그리고 이 현상은 극지방에서 더 크게 나타날 것이다.

이런 과학적 추정치들을 볼 때마다 막막해진다. 우리가 살아 있는 동안에 황제펭귄의 멸종을 직접 보게 될지도 모른다. 펭귄을 살리기 위해 나는 과연 무엇을 할 수 있을까? 당장 어떻게 해야 할까? 최근 나에게 가장 큰 화두다.

수영할 때 펭귄의 평균 속력은 대략 시속 7~8킬로미터다. 생각보다 빠른 편이라서 카메라를 들고 대기하다가도 물속으로 뛰어든 펭귄을 놓쳐버리는 경우가 허다하다.

아델리펭귄이 바다로 들어가고 나오는 순간을 담으려 해안가에서 한참을 기다렸다. 멀리서 펭귄들이 떼를 지어 걸어오는 모습이 보이는 순간, 코앞으로 펭귄 한 마리가 바다에서 튀어나왔다. 결국 어느 쪽에서도 원하는 사진을 얻지 못했다. 허망하게 서 있는 내 앞에서 녀석은 뭘 쳐다보냐는 듯한 얼굴로 한쪽 다리만 짚고 서서 나를 바라보았다.

남극의 풍경을 사진으로 남기려면 긴 기다림과 함께 자연의 허락이 필요하다.

:

세찬 눈보라가 치는 날에는 흩날리는 얼음 알갱이들이 펭귄 등에 달라붙어 잘 떨어지지 않는다. 조금만 시간이 지나면 인절미에 콩가루 묻히듯 펭귄을 눈밭에 한 바퀴 굴린 모양이 된다. 거의 숨은 펭귄 찾기.

한 녀석은 바람을 등지고 서 있다가 온몸에 눈이 달라붙어 눈사람 아닌, 눈펭귄이 되었다.

밤새 눈이 내렸고, 누군가 그 위에 처음으로 발자국을 남겼다. 세 개의 긴 발가락과 뭉툭한 뒤꿈치, 젠투펭귄이다. 아침부터 바쁘게 움직인 모양이다.

한국에서 첫눈이 내린 이튿날 아침, 처음 눈을 밟을 때가 떠올랐다. 뽀드득 소리를 들으며 눈에 새겨진 발자국을 보면 왠지 모르게 마음이 벅차올랐다. 매일매일이 눈과 함께인 펭귄은 그런 생각을 하진 않겠지.

아델리펭귄이 날개를 펼쳐든 채 눈을 감고 서서 잠들었다. 추운 날씨 탓에 보통 잘 때는 날개를 접고 웅크려 체온을 유지하는데, 이 펭귄은 조금 남다르다. 불편하지도 않은지 하필 경사가 있는 바위 언덕 사이에 자리를 잡았다.

나도 잠이 많은 편이라 정말 피곤할 때는 지하철을 타고 가다가 서서 잠든 적도 있다. 이 녀석도 오늘따라 너무 고단해서 날개를 접는 것도 잊고 잠이 든 건 아닐까. 해가 좋은 날이라 일광욕을 하는 걸지도 모르겠다.

⋮

남극에서 조사하는 기간에는 해가 지평선 아래로 떨어지지 않는 백야가 이어지기 때문에 잠을 깊게 자지 못한다. 한밤중에도 밖이 환하게 밝아서 얕은 잠에 들었다가 자주 깨곤 한다.

하지만 웨델물범은 백야 따위는 아랑곳없이 눈밭에서도 내 집처럼 편히 잠든다. 물범은 워낙 바다에서 오랜 시간을 보내기 때문에 한번 육지에 올라오면 정신없이 잠을 잔다. 남극에는 육상 포식자가 없으니 경계할 필요도 없다. 이 녀석은 잠을 자는 동안 눈물이 났는지 눈가가 촉촉하게 젖었다.

⋮

두 개의 아델리펭귄 알에서 두 마리의 새끼가 모두 무사히 태어났다. 새끼는 태어난 지 3일 정도 지난 것으로 보이고 아직 잿빛 솜털이 가득하다.

펭귄은 보통 두 개의 알을 낳는데, 이 가운데 둥지를 떠날 때까지 건강하게 성장하는 녀석은 절반 정도에 불과하다.

갓 부화한 새끼의 몸무게를 재려고 펭귄 둥지로 다가가 처음 맨손으로 새끼를 집어들었을 때의 감촉을 잊을 수가 없다. 어린 고양이의 털처럼 부드러웠고 손난로처럼 몸 전체가 따뜻했다. 무게를 측정하는 동안 새끼 펭귄은 마치 병아리처럼 삐약삐약 작은 소리로 울었고, 근처에 있던 부모는 나를 노려보며 큰 소리로 울었다.

:

알에서 깨어난 뒤 두 달이 지나면 새끼들은 둥지를 나와 길바닥에 아무렇게나 엎드려서 잔다. 고르지 않은 땅 위에 여기저기 새끼들이 흩어져 있다. 세상 편해 보이는 모습으로.

이제는 제법 몸집이 커져서 포식자인 도둑갈매기보다 무게도 몇 배나 더 나간다. 바로 옆으로 도둑갈매기가 지나가도 신경 쓰지 않는다.

:

어린 펭귄이 모여 있는 집단을 '유치원$^{crèche}$'이라고 부른다. 알에서 부화한 지 약 4주가 지나면 이런 소규모 집단이 곳곳에 생겨난다. 서로 온기를 나눌 수 있고, 포식자로부터 함께 대응할 수도 있기 때문이 아닐까.

그런데 굳이 자는 애들 위로 올라가 깔고 앉는 녀석도 있다. 친구들 위로 올라가는 건 아니지 않냐.

⋮

아델리펭귄은 무리를 지어서 조심스레 주위를 살피다가 다 같
이 우당탕탕 순식간에 입수한다. 이렇게 한꺼번에 입수를 하면
두 가지 장점이 있다. 첫 번째는 희석 효과다. 표범물범이 다가
와도 다른 개체가 먹힐 확률이 높아지니 자기가 공격당할 확
률은 희석된다. 주변에 n마리의 친구들이 있다면 자기가 잡아
먹힐 확률은 1/n로 줄어드는 것이다.

두 번째는 정찰 효과다. 주변을 살펴볼 수 있는 눈이 더 많기 때문에 포식자가 나타나면 보다 빠르게 알아차릴 수 있다.

경영계에서는 불확실하고 위험한 상황에서 용감하게 도전하는 선구자를 '퍼스트 펭귄', 즉 첫 번째로 물속으로 뛰어드는 펭귄이라고 부른다. 하지만 이는 사실과 다르다. 한 치 앞을 알 수 없는 바닷속으로 무작정 뛰어들었다가는 누구보다 먼저 먹잇감이 될 뿐이다.

펭귄들이 모여 있는 모습을 보면 마치 눈치게임을 하는 것 같다. 어쩌다 미끄러져 들어가는 애들도 있고, 옆 친구들에게 떠밀려 어쩔 수 없이 빠지는 일도 생긴다. 그래서 간혹 물속에 들어갔다가도 허둥지둥거리며 다시 물 밖으로 나오기도 한다. 이런 모습을 보고 있노라면 퍼스트 펭귄이라는 표현은 전혀 틀린 것처럼 보인다. 두려움을 극복한 선구자의 역할을 강조하기 위하여, 마치 과학적인 관찰 결과에 근거한 것처럼 남극의 펭귄에 빗댄 것은 아닐까.

사람들은 동물에게서 보고 싶은 면만을 골라서 본다. 그리고 인간의 관점에서 그럴듯한 의미를 찾는다. 하지만 동물은 사람에게 교훈을 줄 생각 따위는 없다. 그저 자기들의 방식으로 살아갈 뿐이다.

물 밖으로 나온 펭귄은 몸을 좌우로 세차게 흔들어서 물기를 털어낸다. 이때 자세히 살펴보면 코에 맺힌 물방울이 함께 떨어지는 걸 볼 수 있다. 처음에는 펭귄이 콧물을 흘리는 줄 알았다. 하지만 알고 보니 콧구멍에서 나온 염분이었다.

펭귄은 바닷물에서 사냥을 하기 때문에 염분을 많이 섭취한다. 먹는 음식도 대부분 소금기 가득한 크릴이다. 그래서 콧구멍과 눈 사이에 염분을 걸러주는 기관이 따로 있다. 이를 모아서 민물과 함께 콧구멍으로 내보내는 것이다. 세차게 흔들리는 통통한 몸을 보고 있자면 그 박력이 대단하다.

⋮

옆구리에 피가 묻은 아델리펭귄이 둥지를 서성이고 있다. 날개 아래에 생긴 상처에서 피가 흘러 흰 깃털이 붉어졌다. 정확한 이유는 모르지만 대체로 날카로운 바위 모서리에 긁히거나 다른 펭귄과 싸우는 과정에서 다치는 경우가 많다. 다행히 상처가 심하지 않아 피는 금세 멈췄지만 오래도록 흉터가 남을 것이다.

:

간혹 몸에 아주 심한 흉터가 남은 펭귄들도 있다. 어딘가에 찢긴 상처가 아문 것으로 보이는데, 포식자인 표범물범한테 공격을 당했다가 어찌어찌 죽지 않고 살아서 돌아온 것 같다.

비록 상처에는 털이 다시 자라지 않아 배가 조금 시리겠지만 그래도 여느 펭귄들처럼 의연한 모습이다. 바닷물에 푹 젖은 몸을 말리고 새끼를 만나기 위해 다시 둥지로 돌아갔다.

:

맹금류 같은 날카로운 부리와 발톱으로 펭귄의 알과 새끼를 노리는 도둑갈매기. 사냥을 갓 마쳤는지 부모의 부리 주변에는 아직 핏빛 얼룩이 남아 있다. 내 입장에서야 좀 미운 애들이지만, 얘들도 이때가 번식 기간이기 때문에 새끼를 키우려면 부지런히 사냥을 해야 한다.

부모의 앞에는 태어난 지 일주일 정도 지난 것으로 추정되는 어린 도둑갈매기가 앉아 있다. 아직 온몸의 회색 솜털이 보송보송하다. 역시 모든 새끼는 귀엽다.

：

바다로 들어가지 않고 한참을 서서 물을 바라보
고 있던 녀석. 바다에는 살얼음이 동동 떠 있다.
그 안에 들어가야 먹이를 찾을 수 있지만 제아무
리 펭귄이라 하더라도 차가운 물에 들어가기는 싫
을지 모른다.

　　　⋮

물고기처럼 수면을 가르며 헤엄치는 녀석.
언제 물 밖에서 서성거렸느냐는 듯, 일단 물속에
들어간 뒤로는 유유히 바닷속을 누볐다. 아무리
하기 싫던 일이어도 막상 해보면 아무것도 아닌
때가 있다.

아기 코끼리물범이 "메롱" 하고 나를 놀리는 것처럼 혓바닥을 조금 내밀고 있다. 표정을 보면 고운 모래밭 같지만 뾰족한 자갈밭 위다.

어쩌면 이렇게 편하게 누워 있을까. 조금의 경계심도 없는 저 표정은 어떻고. 할 수 있는 선에서 가장 편안한 자세로 바닷가에 널브러져 있는 녀석을 보고 나니 내 마음속 공간도 넓어지는 기분이다.

:

황제펭귄은 생각보다 눈이 검다. 왼쪽 사진을 보면 눈 주변부의 검은 깃털 때문에 눈동자가 잘 보이지 않을 정도다. 이는 다음 장에 나오는 임금펭귄도 마찬가지다. 두 종 모두 황제펭귄속genus에 속하며 한 개의 알을 낳아 키운다. 부리 아래에 있는 무늬와 목 주변에 있는 노란 무늬까지 비슷해서 쉽게 구분되지 않는다. 나 역시 펭귄을 연구하기 시작한 초반에는 두 종을 자주 헷갈리곤 했다.

가장 손쉬운 구분법은 사진의 배경을 비교해보는 것이다. 황제펭귄은 남극 대륙에만 서식하기 때문에 늘 눈과 얼음이 덮인 곳에 있다. 하지만 임금펭귄은 주로 남극권 바깥쪽의 따뜻한 섬에 산다. 그래서 주변에 녹색 식물과 흙이 보인다면 임금펭귄일 확률이 높다.

만약 사진 속에 새끼가 함께 있다면 구별이 더 쉬워진다. 우선 새끼 황제펭귄은 영화 〈해피 피트〉로 익숙한 모습으로 흰색, 회색, 검은색 털이 섞여 있는 반면, 임금펭귄의 새끼는 온몸이 진한 갈색털로 뒤덮여 마치 거대한 키위 같다. 그래서 처음 임금펭귄이 세상에 알려졌을 무렵에는 부모 펭귄과 새끼 펭귄을 서로 다른 종이라고 여겼다고 한다. 왼쪽은 젠투펭귄, 아델리펭귄과 함께 있는 임금펭귄이다.

⋮

앞에서 말한 새끼 황제펭귄. 무채색 솜털이 섞여 있다. 몸통은 온통 회색이고, 얼굴은 하얀색, 부리부터 정수리로 이어지는 머리 윗부분은 검정색이다.

EBS의 '펭수'가 4월 25일 세계 펭귄의 날을 기념하기 위해 극지연구소에 온 적이 있다. 제작진은 펭수가 어떤 펭귄을 닮았느냐고 물었고, 나는 회색 몸에 흰 얼굴, 그리고 검은 머리가 어린 황제펭귄을 닮았다고 대답했다.

펭수는 극지연구소의 실시간 남극 영상을 보며 고향이 그립다며 엉엉 울었다. 나는 그 모습을 보며 이는 실제로 다가올 미래가 될 수도 있다고 생각했다.

약 80년 뒤에는 정말 도심 속 수족관의 황제펭귄들이 남극을 떠올리며 울지도 모른다. 인간이 불을 지핀 지구의 기후 변화는 펭귄들에게 직접적인 생존 문제가 되고 있다.

바다에서 막 수영을 마치고 둥지로 돌아가는 아델리펭귄을 만났다. 자정에 가까워진 시각이라 그림자가 길게 늘어졌지만 펭귄 번식지는 여전히 분주하다. 둥지에서 기다리고 있을 짝과 새끼를 만나려면 서둘러 가야 한다. 아델리펭귄은 몸이 젖은 채로 해안가에 있는 사람은 안중에 없이 바삐 걸었다.

남극의 주인인 펭귄들은 내일을 위해, 내년을 위해 지금 분주하게 새끼를 키우고 있다. 잠시 스쳐가는 손님인 나는 펭귄마을의 행인이 되어 그 모습을 가만히 지켜봤다.

## 펭귄의 날개? 혹은 지느러미?

최승호 시인의 시집 《펭귄》 중 〈벌〉이라는 동시엔 이런 구절이
나온다.

> 손 들어!
> 손이 없는데요
> 그럼 날개 들어!
> 알았습니다, 선생님

펭귄에게는 손이 없다는 신체적 특징을 보고 쓴 재미있는 시
다. 하지만 나는 시를 읽으며 고개를 갸웃거렸다. 펭귄에게 손
이 없다는 건 맞는 말이지만, 그렇다고 날개가 있다고는 말할
수 있을까?

어쨌든 분류상 펭귄도 조류에 속하는 동물이기 때문에, 나 역
시 그동안 편의상 '날개'라고 불렀다. 하지만 표준국어대사전

에서 날개의 뜻을 찾아보면 "새나 곤충의 몸 양쪽에 붙어서 날아다니는 데 쓰는 기관"이라고 소개돼 있다. 하지만 펭귄은 날지 못하기 때문에 엄밀히 따지면 날아다니는 데 쓰는 기관이 없다.

나는 사람들에게 펭귄을 소개할 때면 '물속을 나는 새'라고 부르곤 한다. 물속을 자유롭게 유영하는 장면을 보고 붙여준 별칭이다. 펭귄이 하늘을 날지는 못하지만 물속을 난다고 말할 수 있으니 날개라고 불러도 괜찮지 않을까?

실제로 잠수가 가능한 다른 조류 가운데 논병아리나 가마우지는 날개를 방향키 역할로만 사용한다. 물속에서 수영하는 모습을 보면 날개를 접어 몸에 밀착한 상태로 움직인다. 추진력은 발을 저어서 얻기 때문에 물갈퀴가 잘 발달돼 있다. 반면 펭귄은 직접 날개 부분을 움직여 헤엄친다. 발은 방향을 잡는 데 도움을 줄 뿐이다.

펭귄이 수면 아래에서 움직이는 모습을 보면, 마치 유선형 잠수함의 양옆으로 노가 나와서 빠르게 젓는 것 같다. 날개뼈 역시 정말 노처럼 넓적하고 평평한 모양이며, 길이는 짧고 무겁다. 또한 물을 밀어낼 강한 힘을 내기 위해 날개에서 가슴으로 연결된 근육이 잘 발달돼 있다. 그래서 순식간에 빠른 속도를 낼 수 있다.

가장 빠르다고 알려진 젠투펭귄은 평균 속도가 시속 9~10킬로미터지만 순간적으로 최대 시속 35킬로미터까지 낸다. 게다가 작은 발을 움직여 추진력을 얻는 다른 잠수 조류에 비해 에너지 효율도 뛰어나다.

펭귄은 단거리 수영도 잘하지만 장거리도 문제없다. 인도양에 사는 마카로니펭귄은 번식기가 끝나면 약 1만 킬로미터를 헤엄쳐서 이동한다고 한다.

그렇다면 지느러미라고 부르는 건 어떨까? 영어권 국가에서는 펭귄의 몸 양쪽에 붙어 있는 기관을 '윙$^{wing}$'이라고 부르지 않고 '플리퍼$^{flipper}$'라고 부른다. 플리퍼는 물범, 바다거북, 펭귄 같은 해양 동물이 수영할 때 쓰는 넓적한 지느러미 모양의 발을 뜻한다. 기능을 감안하면 날개보다는 지느러미가 적당한 용어로 보인다.

하지만 사전에서 지느러미의 뜻은 "물고기 또는 물에 사는 포유류가 몸의 균형을 유지하거나 헤엄치는 데 쓰는 기관"이라고 나온다. 즉, 지느러미가 있는 동물 가운데 펭귄 같은 조류는 제외돼 있다. 결국 날개와 지느러미 모두 꼭 맞는 명칭은 아니다. 그렇다면 펭귄의 몸에 붙어 있는 지느러미 같은 기관을 어떻게 칭하는 게 좋을까?

"그냥 날개라고 불러" 아니면 "지느러미라고 부르면 어때, 무슨 상관이야"라고 하는 사람들도 있겠지만, 나는 펭귄에게 어울리는 적확한 명칭을 골라주고 싶다. 펭귄의 구조적인 특징과 기능적인 역할을 모두 감안해 새로운 이름을 지어주는 것도 좋겠다. '지느러미날개' 혹은 '지느러미팔'은 어떨까?

# 2부

# 스윽 지나쳐야 할 때

⋮

자정이 가까워지고 있어서 해가 많이 기울었다.

하지만 여전히 대낮처럼 밝아 아직은 더 움직여야 한다.

눈 위에는 다른 펭귄들의 발자국이 가득하다.

그 위를 혼자 걷는 시간.

:

서둘러 둥지를 향해 걷다가 갑자기 발걸음을 멈췄다. 그리고
멀리 둥지가 모여 있는 곳을 바라보며 한참을 서 있었다.
집으로 가기 싫은 걸까.

:

펭귄이 얼음 바닥 위에 배를 깔고 미끄러지듯 나아가는 모습을 본 적이 있을 것이다. 이는 엎드려 썰매타기tobogganing로, 날개로 균형을 맞추고 발로 바닥을 밀면서 추진력을 얻는 방식이다. 걸을 때에 비해 힘이 적게 들고 체온도 덜 빼앗기면서 속력도 빠르다. 때로는 쉽고 편하게 가고 싶을 때도 있는 법이니까.

하지만 썰매를 타려면 빙질이 좋아야 하고, 평평하거나 내리막인 곳에서만 가능하다. 마냥 쉬운 일이란 없는 것이다.

：

아델리펭귄과는 존재감부터가 다른 황제펭귄의 엎드려 썰매타기. 날개로 노를 저어가며 썰매를 타다가 울퉁불퉁한 길에서는 재빨리 일어나서 다시 걷기를 반복했다. 일어날 때는 부리를 지팡이처럼 콕콕 찍어서 무거운 몸을 일으켰다.

펭귄은 체지방이 많이 축적되어 있고 깃털의 단열 기능이 좋아서 생각만큼 배가 시리거나 아프진 않다. 가슴 깃털이 조금 닳긴 하지만 매년 번식이 끝날 때쯤이면 새로 깃털이 나온다. 남극에서 살아가기에 꼭 알맞은 몸을 지녔다.

⋮

얼음산을 오르고 또 오르는 펭귄들을 보면
산을 기어오르는 등산가가 떠오른다.
저 고단한 언덕을 왜 오를까.
그 끝엔 뭐가 있을까.

바람이 몹시 불던 날, 밤 늦도록 잠이 오지 않았다. 자정이 되어 텐트 밖으로 나와보니 여전히 주위가 환했다. 나는 비탈진 언덕 위에 앉아서 텐트 근처를 오가는 펭귄을 바라봤다.

서로 말이 통하지 않는 두 동물이 서로를 제대로 이해할 수는 없겠지만, 나도 펭귄 사이에 가만히 앉아 그들의 삶을 조금이나마 같이 느껴보고 싶었다.

하지만 몇 분 지나지 않아 나는 그냥 춥다는 생각만 들었다. 바다에서 불어오는 바람은 방한모와 마스크로 동여맨 얼굴 사이사이를 파고들었고, 파도가 얼음에 부딪히는 소리는 차고 날카로웠다. 허약한 인간의 몸으로 펭귄의 삶을 느껴보기란 불가능한 걸까.

⋮

때로는 정말 죽은 것처럼 꼼짝하지 않고 엎드려 자는 애들이 있는데, 가까이 가서 보면 미약하게 숨을 쉬고 있다. 눈 위에서도 꽤 깊게 잠이 드는 모양이다.

발이 시린지 배 아래로 감춰서 겉으로는 보이지 않았다. 가끔 꿈틀하면서 깨어나 다리와 날개를 한번씩 쭉 펴서 기지개를 켠 뒤 다시 잠든다.

:

펭귄도 돌고래처럼 수면을 튕기듯 수영하는데, 이를 영어로 '포퍼싱porpoising'이라고 부른다. 규칙적으로 호흡하며 빠른 속도로 장거리를 이동하기에 적합하다. 또한 수영하는 동안 방향을 급하게 바꿀 수 있어서 포식자는 펭귄의 위치를 예측하기 힘들어진다.

한 마리의 펭귄이 남극이라는 척박한 환경에서 살아남기 위해서는 정말 다양한 생존 전략이 필요한 것이다.

⋮

나는 아직 남극의 밤하늘을 본 적이
없다. 남극의 여름은 밤이 없다. 늦은
저녁 시간이 되어도 해가 지지 않는다.
24시간 동안 태양이 머리 위를 맴돌
뿐이다. 그래서 한번도 남반구의 별을
보지 못했다.

자정 무렵 조사를 마치고 텐트로 돌아
가는 길, 석양이 수면에 부딪혀 별을
만들었다. '드디어 남극에서도 별을 보
는구나.' 하고 생각한 순간, 검푸른 바
다 위 반짝이는 별빛 사이로 펭귄이
날았다. 밤하늘을 나는 한 마리의 새
처럼 유유히 바다를 가로질렀다.

⋮

어딘가 심술궂은 표정으로 힘차게 걷고 있는 아델리펭귄.
완만한 타원형의 배에는 반지르르하게 윤기가 흐르고, 날개는
양옆으로 당당히 펼치고 있다. 이 안정감 있는 형태에서 펭귄
의 알 수 없는 당당함이 뿜어져 나오는 게 아닐까?

아델리펭귄이 둥지가 있는 번식지에서 얼음이 이어진 길로 걸어가는 모습을 쌍안경으로 관찰하고 있었다. 그때 뭔가 발밑에서 부스럭거리는 소리가 들렸다. 눈에서 쌍안경을 떼고 내려다보니 내 앞에 펭귄 한 마리가 머리를 들이밀고 있었다.

남극에 사는 펭귄은 보통 사람을 겁내지 않지만 그렇다고 먼저 다가오는 경우는 드물다. 그런데 이 녀석은 고개를 갸웃거리며 양쪽 눈으로 번갈아 나를 바라봤다. 그러고는 이제 궁금증이 풀렸다는 듯 뒤돌아 다시 걸어갔다.

나 역시 이 녀석이 왜 이런 행동을 했을까 궁금했지만 직접 물어보지 않는 이상, 이유는 알 수 없다. 그저 호기심이 많은 개체였을 거라고 추측할 뿐이다.

⋮

젠투펭귄이 비탈진 눈 위를 미끄러지듯 내려가고 있다. 따듯해진 날씨 탓에 눈이 많이 녹은 데다 그 위로 분변과 해조류가 덮이는 바람에 더욱 미끄러워졌다. 한 걸음 한 걸음을 떼기가 매우 조심스럽다.

카메라 셔터를 누르는 순간 두 가지 마음이 교차했다. 다치지 않고 잘 내려갔으면 하는 마음, 그리고 다이내믹한 장면을 위해서 조금 미끄러졌으면 하는 마음. 그러다 이내 두 번째 마음을 지우고 못된 생각을 한 자신을 반성했다.

⋮

배고픈 새끼는 부모의 입속으로 고개를 집어넣고 먹이를 받아먹는다. 고개를 깊숙이 넣기 때문에 부모의 입에서 새끼의 입으로 먹이가 전해지는 장면은 잘 보이지 않는다. 간혹 흘리는 것들을 보면 대부분 남극크릴이다.

크릴은 새우와 비슷하며, 남극 바다에 무척 많이 살고 있는 동물 플랑크톤이다. 부모 펭귄은 바다에서 잡은 크릴을 둥지로 돌아오는 동안 잘게 으깬다. 그리고 먹기 좋게 밤톨만 한 크기로 뭉쳐 새끼에게 전달한다. 그다지 맛있어 보이지는 않는데 새끼는 허겁지겁 부모의 입으로 달려들었다.

식사 시간에 새끼를 지켜보는 불청객이 있어 불편했는지, 펭귄의 한쪽 눈은 계속 나를 향해 있었다. 슬쩍 옆으로 자리를 옮기자 자신도 함께 위치를 옮겨서 시야에 항상 내가 들어오게 했다. 앞으로 식사 시간은 방해하지 말아야겠다.

⋮

부화 후 6주 차, 먹이를 얻으려는 새끼와 최후의 한 녀석에게
만 밥을 먹이려는 부모의 추격전은 카메라로 쫓아가기가 힘들
정도다.

오늘은 새끼 둘 가운데 덩치가 조금 더 작은 쪽이 더 절실해
보였다. 녀석은 넘어져도 얼른 다시 일어나고, 발까지 동동 구
르며 끝까지 부모를 쫓아가 결국 밥을 얻어먹었다.

:

웨델물범 암컷은 보통 9~10월에 새끼를 낳는다. 드물게 쌍둥이도 태어난다고 알려져 있지만 대부분은 한 마리만 낳는다. 갓 태어난 녀석은 약 25~30킬로그램 정도인데, 약 60퍼센트가 지방으로 이루어진 어미의 젖을 먹으며 성장한다. 이는 다른 어떤 포유류와 비교해도 높은 수치라서 새끼는 6주만 지나도 1백 킬로그램이 훌쩍 넘는다.

1월의 남극, 새끼가 태어난 지도 약 세 달이 지났다. 하지만 얼음 위에서 쉬는 동안에도 어미는 새끼에게서 눈을 떼지 않았다. 어미의 눈에 새끼는 아직도 젖먹이 때의 어린 모습 그대로일 것이다.

얼음 위에 엎드린 채로 날개를 펴고 다리도 뻗고 기지개를 켜다가 털도 다듬는다. 어지간하면 일어날 법도 한데 끝끝내 엎드린 채로 할 건 다 한다.

누구의 눈치도 보지 않고 아무데서나 누워 허리를 펴고 싶을 때 펴는 동작이 무척 개운해 보인다. 생각보다 유연한 아델리 펭귄의 요가하는 모습.

︙

목을 길게 **뺀** 채 하늘을 향해 고개를 들고 큰 소리로 운다. 이는 젠투펭귄이 짝을 부르는 소리로, 그 주파수가 3백에서 2천7백 헤르츠에 달한다. 펭귄도 사람처럼 개체마다 소리의 높낮이 차이가 커서 목소리로 서로를 구분할 수 있다.

⋮

자다가 깼지만 같은 자세로 한참을 눈만 껌뻑이던 아델리펭귄. 오늘 아침 내 모습 같다.

학창 시절부터 아침에 일어나는 게 고역이었던 나. 1교시 수업이 있는 날에는 눈을 뜨는 것 자체가 힘들었다. 스스로 올빼미형이라고 진단을 내렸다.

다행히 연구소에서 직장 생활을 시작하면서부터는 조금 나아졌다. 하루를 커피로 시작하면서 억지로 정신을 깨우지만, 여전히 침대 안은 따듯하고 알람 소리는 괴롭다.

:

남극의 밤은 백야 탓에 자정에도 환하다. 그래서 부모 펭귄은 하루 24시간 동안 밤낮없이 교대로 새끼를 돌본다. 대신 짝이 바다로 먹이를 구하러 나간 사이, 둥지에서 새끼를 품고 있는 시간에 틈틈이 눈을 붙인다. 그마저도 포식자에게서 새끼를 보호해야 하기 때문에 깊게 잠들지는 못하고 자세히 살펴보면 눈을 뜬 것도 감은 것도 아니다.

한 펭귄은 사람이 가까이 온 줄도 모르고 입을 벌린 채 자고 있었다. 서서 자던 펭귄은 졸다가 목이 뒤로 넘어갈 뻔했다.

：

아델리펭귄 암컷과 수컷은 서로 자리를 교대하기 전후에 둥지로 돌을 물어다 나른다. 돌 몇 개 더 쌓는다고 딱히 둥지에 도움이 되는 건 아니지만 그래도 열심히 하는 모습을 짝에게 보여준다. 새끼를 돌보는 사이사이에도 별것 아닌 돌을 통해서 서로 부지런히 애정을 확인하고 또 확인하는 것이다.

⋮

겨울을 맞기 전, 아기 젠투펭귄은 솜털이 빠지고 **빳빳한** 새 깃이 돋아난다. 보통 부리와 눈 주변의 깃털이 먼저 바뀌기 시작한다. 그때부터 솜털이 보송보송한 병아리 같은 외모에서 벗어나 비로소 펭귄 같은 외형이 나타난다. 이 아기는 부리로 누군가를(혹은 자신을) 물어뜯었는지, 입가에 솜털이 달라붙었고 몸 여기저기에 흙과 먼지가 묻었다.

⋮

새끼 황제펭귄 틈에 다 큰 황제펭귄이 들어가 털을 고르고 있
다. 황제펭귄은 번식기가 길고 사냥을 나갔다 돌아오는 데 오
래 걸려서, 양육 관련 호르몬 수치가 매우 높은 편이다.

그래서 번식에 실패하면 다른 펭귄의 새끼에게 강한 애착을
보이기도 한다. 심지어 다른 새끼를 자기 품으로 데려와서 무
작정 품으려 하는 녀석도 있다.

⋮

바람이 불어오는 방향을 등지고 앉아서 어린 자식들을 보듬
는다. 이웃과의 거리는 평균 50센티미터 안팎이다. 너무 가까
이 모여 있는 탓에 옆에 있는 펭귄이 배출한 분변이 깃털에
묻기도 한다. 펭귄 둥지에서도 어떤 이웃을 만나느냐가 중요
하다.

:

하루 종일 강한 눈보라가 치던 날, 둥지에서 새끼를 품던 펭귄의 꽁지깃 위로 덕지덕지 매달린 눈이 그대로 얼어붙었다. 그럴수록 펭귄은 더 몸을 낮춰 날개로 가슴을 감쌌다. 새끼들은 부모의 가슴 깊이 파고들어 바깥에서는 잘 보이지 않았다. 아마 따뜻한 품 안에서 눈보라를 잊은 채 잠들어 있을 것이다.

:

새끼 아델리펭귄이 작은 날개를 움직여보고 있다. 날갯짓이라고 부르기엔 너무 작고 보잘것없는 미약한 움직임이다. 하지만 제법 진지하다.

그리고 그 모습을 보고 있으면 정말 귀엽다.

⋮

새끼 두 마리가 하나뿐인 입으로 달려들었다. 그들은 매일 한 가지 반찬만 먹는 셈인데, 조금의 투정도 없이 잘도 받아먹는다. 사실 잠깐이라도 머뭇거렸다가는 옆에 있는 녀석이 가만히 있지 않을 것이다.

실제로는 정말 배가 고파서 저렇게 달려드는 것 같지는 않다. 기껏 얻은 먹이를 떨어뜨리거나 토해내기도 하는 것으로 봐서, 옆에 있는 녀석보다 많이 먹어야 한다는 경쟁심에 배고픔을 과장하는 것으로 보였다.

새끼들의 치열한 밥 투쟁을 보면서 어릴 적 식사 시간이 떠올랐다. 사촌 형, 누나를 포함해 또래 여섯이 한 집에서 산 적이 있었는데, 나는 그중에서도 막내였다. 고기 반찬이 나오면 형, 누나 들 틈으로 숟가락을 들이밀었다. 소극적으로 나섰다간 건더기는 다 뺏기고 국물만 삼키게 된다. 서로 머리를 맞대고 숟가락을 부딪히던 기억이 떠올라 어린 펭귄들을 보며 혼자 키득거렸다.

펭귄이 무얼 먹고 사는지 조사하기 위해서 매년 펭귄의 혈액을 채취한다. 그 안에 포함된 성분을 자세히 분석하면 올해는 어떤 먹이를 많이 먹었는지 추측할 수 있다.

하루는 혈액 채취를 위해 펭귄 납치를 계획했다. 포획망과 방진복을 준비하고 펭귄을 잡기 위한 준비를 마쳤다. 그 순간 젠투펭귄 한 마리가 제 발로 우리에게 걸어왔다. 갑자기 흰옷을 입고 나타난 인간에게 호기심이 생긴 걸까? 어쩌면 경계하는 마음으로 감시를 하려고 왔을지도 모른다.

어떤 이유에서든 녀석은 내가 손만 뻗으면 닿을 거리까지 다가와서 한참을 날 보고 있었다. 아무래도 내가 그물을 든 침입자라는 사실을 모르는 것 같았다. 겁 없이 다가온 펭귄을 쉽게 잡을 수 있었지만 그냥 돌아갈 때까지 지켜봤다. 아무런 경계심 없이 궁금증을 갖고 다가온 녀석의 기대를 꺾고 공포심을 심어주기는 싫었다.

⋮

자연 속 질서 정연한 무늬를 볼 때면 절로 탄성이 나온다.
어쩌면 이렇게 아름다운 문양이 저절로 만들어질 수 있을까.
남극에서 본 빙하는 사막의 모래무늬와 데칼코마니처럼 닮았다.

## 남극 웨델물범의 펭귄 사냥

2월, 남극 인익스프레서블 섬<sup>Inexpressible Island</sup> 해안가에는 새끼 아델리펭귄이 잔뜩 모여든다. 약 두 달간 부모의 보살핌을 받던 새끼들이 이제 바다로 나갈 때가 된 것이다. 깃갈이가 끝나가는 몸에는 여전히 솜털이 조금 남아 있지만 더 지체할 시간이 없다. 벌써 짧은 남극의 여름이 지나가고 있으니 이러다 언제 혹독한 겨울이 닥칠지 모른다.

2018년 2월 11일, 초속 10미터가 넘는 강풍이 부는 날씨였지만 펭귄들은 떼를 지어 바닷가에 모였다. 하지만 쉽사리 바다로 뛰어들지 못했다. 강한 파도 탓도 있지만 어디서 갑자기 포식자가 나타날지 모르기 때문에 조심스럽게 때를 기다리는 것이다.

가장 대표적인 펭귄의 포식자는 표범물범이다. 이름처럼 표범의 얼룩무늬를 닮았을 뿐 아니라 맹수와 같이 강한 턱을 지녔다. 시속 40킬로미터로 빠르게 헤엄치며 2.5센티미터가량의 길고 날카로운 송곳니로 펭귄을 덥석 물고는 수면에 내동댕이치며 뜯어먹는다. 다큐멘터리를 촬영하는 임완호 감독은 바다얼음 위에서 물범의 펭귄 사냥을 카메라에 담았다.

그런데 이날은 특별한 장면이 포착됐다. 우리가 생각했던 표범물범이 아니라 웨델물범이 새끼 아델리펭귄을 잡아먹고 있었다. 모두 두 마리의 웨델물범이 관찰되었는데 각각 한 마리의 펭귄을 사냥했으며 표범물범처럼 펭귄을 입으로 물어서 수면에 강하게 내리쳤다.
나는 촬영 비디오를 보고는 깜짝 놀랐다. 웨델물범의 펭귄 사냥은 매우 드문 일이라 이제껏 영상이나 문헌으로도 기록된 적이 없었다.
웨델물범의 주요 먹이는 물고기, 오징어와 갑각류라고 알려져 있다. 특히 바다얼음 밑을 돌아다니며 먹잇감을 찾아다닌다. 치아는 뭉툭하게 튀어나와 있어서 얼음을 깨고 바깥으로 나오기 쉽게 진화했다. 또한 웨델물범은 표범물범과는 달리 천

천히 헤엄치면서(평균 시속 8~12킬로미터다) 느긋하게 얼음 밑의 물고기나 오징어를 먹던 녀석들이 어떻게 펭귄을 사냥할 수 있었으며 왜 펭귄을 사냥하게 되었을까?

손쉽게 펭귄을 잡을 수 있는 특정 시기가 되면 웨델물범에게 새끼 펭귄은 별식으로 느껴질 수 있다. 새끼 펭귄들이 둥지를 떠나 처음 바다에서 헤엄을 시작할 때엔 속도가 느려서 치아가 무딘 웨델물범도 마치 자기가 표범물범이 된 것처럼 펭귄 사냥에 나섰을 수 있다.

또 다른 가설은 웨델물범의 먹이인 물고기가 부족해져서 대신 펭귄을 사냥하기 시작했다는 것이다. 미국 연구팀의 조사에 따르면 웨델물범 한 마리는 하루에 0.8~1.3마리의 이빨고기를 섭취한다. 하지만 최근 남극해에서 이빨고기와 같은 대형 어류가 빠르게 감소하고 있기 때문에 이를 대체할 먹이를 구하기가 힘들어졌을 것이다.

웨델물범이 배가 고프면 펭귄을 먹을 수도 있지, 그게 뭐가 그리 특별한 일이냐고 생각할 수도 있다. 하지만 동물생태학자의 입장에서 남극 생태계 최상위 포식자의 특이 행동을 그냥 보고 넘길 수가 없다. 이는 어쩌면 남극 웨델물범의 위기를 경고하는 위험 신호일지도 모른다.

3부

때로는 쉬엄쉬엄

:

바다로 향하는 길에 얼음이 녹아서 생긴 웅덩이를 발견하면 종종 뛰어들어 수영도 하고 깃털도 다듬고 간다. 수영을 마치고 나면 다시 물 밖으로 나가야 하는데, 얼음이 조금 두꺼웠는지 한 번에 올라가지 못하기도 한다.

이 녀석은 몇 번이나 얼음 턱에 걸려 나가지 못하다가 간신히 성공했다. 어린 시절, 수영장에서 턱이 너무 높아 올라가기가 힘들었던 기억이 났다.

：

바다에서 나와 둥지로 돌아가는 일방통행로, 펭귄 하이웨이를 걷고 있다. 5킬로미터가 넘는 바다얼음을 걸어서 번식지에 도착했지만, 번식지도 꽤 넓어서 안쪽에 사는 애들은 이제부터 1킬로미터를 더 들어가야 한다.

질서 정연하게 이동하는 것처럼 보이지만, 중간에 서서 몸을 다듬는 애도 있고 엎드려 눈을 먹는 애도 있다. 뒤에서 따라오던 애들은 잠시 멈칫하다가 이내 그러려니 하고는 지나쳐간다.

⋮

멀리서 찍은 남극의 풍경은 너무나 아름답다. 얼음과 펭귄이
함께 있는 풍경은 더할 나위 없이 경이롭다. 한강의 한 소설에
는 남극 펭귄 영상에 관한 이야기가 나온다.

> "여기, 이건 남극의 펭귄 군락지에 설치한 웹캠의 실시간 영
> 상이에요. 잔뜩 더울 때 열어보면 정말 시원해요."●

● 한강, 《희랍어 시간》, 문학동네, 2011

소설가도 가끔 펭귄 영상을 들여다볼까? 실시간 영상은 아니지만 나는 예전에 찍어둔 사진과 영상을 가끔 열어본다. 일상에 지칠 때 보면 정말 시원한 기분이 든다. 티끌 하나 없는 맑고 서늘한 공기가 느껴진다. 그리고 이런 곳에 사는 펭귄이 부러워진다. 추위만 빼면.

：

그냥 아무렇게나 누워서 자던 웨델물범은 내가 옆으로 지나가도 전혀 눈치채지 못했다. 행여 내 발자국 소리를 들었어도 굳이 눈을 뜨지 않았을지도 모른다.

웨델물범은 보통 바다에서 10~20미터 떨어진 곳까지 이동한 뒤, 눈 위에 자리를 잡고 잔다. 옆을 지나가면 코 고는 소리도 작게 들리고, 엉덩이 쪽에는 배출된 변이 쌓여 있다. 성체의 몸무게가 4백 킬로그램 정도 나가는 점을 감안하면 변의 양도 상당한 편이다. 냄새도 꽤 심한데 주로 물고기를 먹기 때문이 아닐까 싶다.

털갈이는 머리 쪽부터 시작되어 몸 전체의 털이 빠지면 새로운 털이 올라온다. 12월쯤에는 탈모가 있는 것처럼 보이는 개체들도 많다. 이 녀석은 정수리 한쪽의 털이 다 빠져서 추워 보였다. 다행히 2월 말에서 3월 초가 되면 털갈이가 마무리되어 새로운 털로 갈아입을 것이다.

:

굴곡이 심한 남극 얼음 위를 급하게 뛰어가다가 발이 걸려 앞으로 넘어지는 순간을 포착했다. 꽤 아팠을 텐데도 금세 다시 일어나 달려서 바다로 뛰어들었다.

펭귄의 행동 반경이 넓은 남극의 얼음 위에서만 볼 수 있는 자유로운 자세다. 이런 모습을 동물원이나 수족관에서는 보기 어려울 것이다.

가끔 수조에 갇혀 있는 펭귄을 보면 정말 마음이 아프다. 아델리펭귄은 순식간에 1백 미터 이상을 잠수하고 최대 1만 7천 5백 킬로미터를 이동하는 철새다. 그런 동물이 좁은 곳에 일 년 내내 갇혀 지내면 얼마나 답답할지 상상이 가지 않는다.

얼마 전 국내에 실내체험 동물원이 있다는 걸 알았다. 각종 희귀 야생동물을 가둬두는 것도 모자라, 만지고 품에 안고 사진을 찍는다고 들었다. 서울의 한 쇼핑몰에는 원래 칠레와 페루 해안에서 서식하는 훔볼트펭귄이 갇혀 있다. 어쩌다 이 펭귄은 한국까지 오게 됐을까.

뉴스 기사를 읽다가 나도 모르게 눈을 감았다. 살아 있는 동물은 쇼핑몰에서 파는 물건처럼 전시되는 상품이 아니다. 나는 이런 실내체험 동물원을 규제해야 한다고 생각한다. 생명을 아무렇지도 않게 다루는 걸 보면서 어린아이들이 무언가를 배울 수 있다고 생각하지 않는다. 절대 체험해서는 안 되는 체험이다.

⋮

가파른 언덕 위에서 내려다본 광경.

두 마리가 나란히 서서 날개를 펴고 발을 맞춰 걷고 있었다.

마치 춤을 추는 것처럼 리듬이 느껴진다.

:

인익스프레서블 섬 앞 바닷가를 아델리펭귄 두 마리가 헤엄치고 있다. 물속에는 해초도 많이 자랐다.

1912년, 영국 스콧 탐험대의 일원 여섯 명도 이 섬을 방문했다. 지질조사를 위해 6주간 썰매를 끌고 이동하고, 조사를 마치면 배가 와서 그들을 태울 예정이었다.
하지만 그해 2월, 남극에는 다시 여름이 찾아왔지만 유난히 추운 날씨에 바다얼음이 쉽게 녹지 않았다. 사진 속 펭귄이 헤엄치는 바다도 그때는 모두 두껍게 얼어붙었다. 결국 탐험대는 그들을 태우러 온 배를 만나지 못하고 얼음뿐인 섬에 남겨졌다.

그러나 여섯 명의 대원은 포기하지 않고 꽁꽁 얼어붙은 땅에 바위를 옮겨 동굴을 만들기 시작했다. 그 동굴에서 작은 휴대용 칼로 물범과 펭귄을 잡아먹으며 자그마치 8개월을 버텼다. 그리고 다시 남극에 봄이 돌아왔을 때, 4주에 걸쳐 3백 킬로미터를 넘게 걸어서 베이스캠프로 귀환했다.

지금 그 동굴은 남극 사적지 14호로 지정되었다. 얼마나 춥고 힘들었을까. 그들이 이름 붙인 섬의 이름처럼 말로 표현할 수 없을 만큼inexpressible 힘들고 절망적이었겠지.

나는 동굴 앞 바위에 앉았다. 그리고 한동안 주변에 흩어져 있는 물범 뼛조각을 바라봤다. 강한 바람이 얼굴을 때렸다.

:

터벅터벅 발자국 소리가 들리더니 펭귄 몇 마리가 내 앞에 멈춰 섰다. 한 녀석은 아예 배를 깔고 엎드려 숙면을 취했다.

"저 인간 뭐냐. 왜 여기 있냐" 하고 저들끼리 속삭이는 것 같다.

모르긴 몰라도, 다른 동물을 보겠다고 서른 시간이나 비행기를 타고 먼 남극까지 와서 순전히 보기만 하고 돌아가는 동물은 인간이 유일할 것이다.

:

아델리펭귄 번식지에서 깃털색이 조금 다른 펭귄들을 발견했다. 다른 녀석들과는 달리 염색을 한 것처럼 갈색이 돌거나 심지어 거의 황금색을 띄기도 했다. 문헌을 찾아보니 이는 유멜라닌 합성 유전자 변이로 1/114,000 빈도로 나타난다고 한다.

우리는 황금색 깃을 가진 녀석을 '골드니', 갈색 깃을 가진 녀석은 '브라우니'라 부르면서 매일 꾸준히 살폈는데, 색 때문인지 무리에 잘 흡수되지 못했다. 브라우니는 애처롭게 한 자리를 지키고 며칠째 꼼짝하지 않았지만, 골드니는 다른 펭귄들이 어울려주지 않아도 씩씩하게 주변을 맴돌았다. 펭귄도 저마다 상황을 받아들이는 방식이 다르다.

:

사방에 쌓인 눈을 가득 퍼서 입에 넣는다. 몸을 바들바들 떨면서도 계속해서 눈을 퍼먹는 모습을 보며 처음엔 고개를 갸웃거렸는데, 얼마 뒤 궁금증이 풀렸다. 남극에서는 민물을 구하기 어렵기 때문에 어쩔 수 없이 눈을 녹여서 마시는 것이었다. 그래도 많이 추우면 조금 쉬었다가 마시지.

조사를 위해 텐트를 치고 지내는 동안에는 연구자들도 가끔 눈을 끓여서 마신다. 조사 기간 동안 마실 물을 모두 가져가려면 무게가 너무 많이 나가기 때문에 요리할 때를 제외하고는 밖에 있는 눈을 먹는다. 남극은 워낙 공기가 깨끗하고 미세먼지도 없어서 가능한 일이다.

⋮

부화 후 두 달이 지난 아델리펭귄 유치원. 몸집이 제법 커진 펭귄들은 이제 도둑갈매기가 가까이 있어도 무서워하지 않는다. 2~3주 전만 해도 위협적이었던 도둑갈매기는 이제 함께 추위를 이겨나가는 무해한 이웃이 되었다.

:

아델리펭귄과 황제펭귄은 번식 장소와 시기가 달라서 같이 있는 경우가 드물다. 아델리펭귄은 눈 녹은 땅에서 10~2월, 황제펭귄은 바다얼음 위에서 4~12월에 번식을 한다.

이 날은 황제펭귄 한 마리가 아델리펭귄 5만 쌍이 번식하는 곳을 찾았다. 아델리펭귄은 딱히 황제펭귄에게 관심을 보이지 않았고, 황제펭귄도 한자리에 그대로 서서 좀처럼 움직이지 않았다. 직접 비교해보니 황제펭귄은 아델리펭귄에 비해 약 두 배쯤 컸고, 몸무게도 다섯 배 이상은 차이가 나 보였다.
황제펭귄은 그렇게 별 움직임 없이 같은 자리에서 하루를 머물렀고, 다음 날 홀연히 사라졌다.

：

반대로 황제펭귄 번식지에 아델리펭귄들이 나타났다. 가장 가까운 아델리펭귄 번식지는 남서쪽으로 45킬로미터나 떨어진 곳이다. 알을 낳고 품어야 할 시기에 이렇게 돌아다니는 것으로 봐선 아직 번식을 시작하지 않은 어린애들로 보였다. 말하자면 청소년들이다. 아델리펭귄은 태어난 지 3~4년이 지나야 성적으로 성숙하기 때문에 그 전까지는 주변을 돌아다니며 새로운 번식지를 찾는다.

이 녀석들은 신기한 듯 두리번두리번하다가 다시 바다로 돌아갔다.

:

황제펭귄은 남극대륙에서만 사는 펭귄이지만 호주나 뉴질랜드 해안에서도 발견되었다는 기록이 있다. 아마도 간혹 해류에 휩쓸려 길을 잃고 북쪽으로 헤엄쳐 간 녀석들이 있는 것 같다.

2011년에는 뉴질랜드 북섬 남서쪽의 카피티 해안에서 발견된 적이 있다. 사람들은 이를 구조해 황제펭귄이 주인공으로 나오는 애니메이션의 제목을 따서 '해피 피트'라고 이름 붙이고 동물원에서 잘 보살폈다. 그리고 해피 피트가 건강을 되찾자 뉴질랜드 연구선에 태워 남극해로 다시 돌려보냈다.

뉴질랜드 사람들은 인간이 펭귄에게 할 수 있는 최선을 보여 줬다.

부리는 두툼하며 진한 검은 색이고, 눈 주변으로 옅은 점이 흩어져 있다. 눈 뒤에서 시작되는 검은 띠는 턱을 따라 이어진다. 턱끈펭귄이라는 이름 그대로 턱에 끈이 달린 것처럼 보인다.

눈동자를 자세히 보면 홍채는 갈색이고 동공은 작고 검다. 눈 아래에서 위로 올라왔다 내려가기를 반복하는 얇은 막은 물속에서 수영을 하는 동안에 물안경 역할을 한다. 작은 깃털이 하나하나 촘촘히 나 있고 몸 전체에 기름이 잘 발라져 있어서 윤이 난다. 마치 방수복을 입은 것 같다. 멀리서 보면 귀여운 펭귄이지만 이렇게 가까이서 자세히 들여다보면 곳곳에서 잠수 조류의 특징이 눈에 들어온다.

안 닮은 듯 닮은 턱끈펭귄 가족. 부모와 새끼는 서로 마주보는 대신 같은 곳을 나란히 바라봤다. 곧 깃갈이를 하고 나면 새끼의 어두운 회색 솜털은 검정 깃으로 바뀌고, 옅은 회색 솜털은 하얀 깃으로 바뀔 것이다. 턱에 끈 모양 무늬도 생기고, 부리도 더욱 두툼해지겠지. 점점 서로를 닮아갈 것이다.

나도 어려서부터 아버지와 닮았다는 이야기를 많이 들었다. 심지어 할머니도 아들과 손자 얼굴이 똑같다며 웃곤 하신다. 하지만 나와 아버지는 서로 닮았다는 사실을 잘 받아들이지 못한다. 이렇게 다른데 뭐가 닮았다는 거지?

⋮

"우에엥, 우에엥."

턱끈펭귄이 바위에 올라가 날개를 펼치고 하늘을 향해 고개를 뻗는다. 그리고 목 전체를 관악기처럼 이용해 울리면서 소리를 낸다. 날개를 움직이며 큰 소리로 울었고, 이는 약 10분간 이어졌다.

펭귄이 우는 모습을 보면, 꼭 날고 싶어하는 것 같다.
날지 못해 우는 것 같다.

：

정면에서 바라본 아델리펭귄은 얼굴과 몸이 좌우로 접었다가 편 것처럼 똑같다. 흔히 말하는 대칭 천재다.

이 녀석은 눈을 커다랗게 뜨고 나를 응시했다. 정수리 근처의 짧은 깃털을 모두 세워서 머리가 커 보이게 만들었다. 부리를 높이 들고 가슴을 앞으로 내민 채 공격할 자세를 취했다. 인간들이 싸울 때 고개를 들고 배를 내미는 모습과 닮았다.
아무래도 이 펭귄은 내가 마음에 들지 않는 것 같다. 나는 살금살금 뒷걸음으로 자리를 비켰다.

⋮

눈이 많이 내린 크리스마스 이브, 젠투펭귄 둥지 근처에 설치한 무인카메라에 포즈를 취하며 다가온 한 녀석.

사진을 찍다 보면 가끔 펭귄이 마치 모델처럼 멋진 포즈를 잡고 앵글 속으로 들어오기도 하는데, 그럴 때는 정말 심장이 쿵쿵 뛸 정도로 짜릿하다.

⋮

남극세종과학기지(이하 세종기지)는 추위를 막기 위해 벽을 두껍게 만든 터라 창틀이 깊다. 나는 가끔 창문 앞에 이불을 깔고 앉아 책을 읽었다. 책을 읽다가 지루해지면 창밖을 바라봤다. 그곳에는 눈이 쌓인 언덕과 기지 건물, 그리고 남극 바다가 있었다. 풍경이 마치 그림 같아서 액자를 걸어둔 것 같은 착각에 빠지곤 했다. 운이 좋을 땐 펭귄과 고래가 수면 위를 헤엄치는 모습을 맨눈으로 볼 수 있었다.

하루 중 가장 편안한 시간이었다.

⋮

이리저리 뛰어다니는 모습이 귀여워서 품속에서 휴대폰을 꺼내어 사진에 담았다. 남극에는 기지국이 없으니 평소에는 전화 대신 카메라 기능만 사용하고 그나마 잘 가지고 다니지도 않는다.

하지만 급작스럽게 펭귄의 귀여운 장면을 담으려면 휴대폰만큼 편한 카메라도 없다. 다만 추운 날이면 금세 배터리가 방전되기 때문에 따듯하게 보관해야 한다. 나는 주로 심장에 가까운 왼쪽 안주머니에 넣는다.

이런 습관은 한국에 돌아오자 대번에 불편하게 느껴졌다. 휴대폰을 자주 빠뜨리고 다니거나, 왼쪽 안주머니에 넣었다가 휴대폰 진동에 심장이 함께 울려서 깜짝 놀라는 일도 많다.

젠투펭귄과 턱끈펭귄이 있는 풍경.

다른 종끼리 함께 번식지를 이용하며 같이 사냥을 나가기도 한다. 종이 다르다고 해서 서로 으르렁거리지는 않는다. (사실 그럴 이유도 없다.) 반대로 같은 종이라고 해서 잘 지내는 것도 아니고. (잘 지낼 이유도 없다.)

⋮

사이좋게 지내는 것 같다가도 가끔은 싸운다. 개체마다 차이는 있지만 종마다 특유의 성격이 있는데, 턱끈펭귄은 좀 사나운 편이다. 늘 화가 나 있는 듯 보인다. 그래서 싸우면 승자는 대부분 턱끈펭귄이다. 상대적으로 몸집이 작은 턱끈펭귄이 자기보다 덩치가 큰 젠투펭귄을 쫓아낸다.

⋮

무게를 재기 위해 저울 위에 올리자 새끼 펭귄이 자꾸 미끄러진다. 나는 손에 끼고 있던 장갑을 벗어 저울에 올리고 다시 무게를 쟀다. 장갑 위에서 펭귄은 편안하게 자리를 잡았다.

갓 부화한 젠투펭귄은 평균 1백 그램으로, 달걀 두 개 정도의 무게다. 4일이 지나자 그 두 배인 2백 그램이 되었다. 눈 깜짝할 사이에 몸집이 커지고, 발가락 힘도 강해진다. 사람과는 비교도 할 수 없을 만큼 빠르게 자란다. 이렇게 두 달만 지나면 부모와 같은 무게가 된다.

펭귄의 시간은 압축되어 있다. 그래서 주어진 시간을 누구보다 성실히 살아낸다.

⋮

저 인간은 왜 여기서 자고 있을까?

젠투펭귄 한 마리가 누워 있는 내 근처로 다가왔다. 그리고
잠든 나를 신기하다는 듯 바라보았다.

：

한국으로 돌아가기 전, 펭귄을 조사하는 동료 연구자들과 함께 번식지를 찾았다. 마지막 인사를 하러 온 날이다.

평소와는 달리 홀가분한 마음으로 바닥에 앉았는데 새끼 펭귄들이 가까이 다가왔다. 부모 펭귄들은 인간에게 가까이 오는 일이 별로 없지만 어린 녀석들은 다르다. 반짝이는 물체에 호기심을 보이는 녀석들. 펭귄이 사람을 구경하는 풍경이 되었다.

:

남극의 여름이 깊어진 2월. 일 년 중 바다얼음이 가장 많이 녹는 시기다. 새끼 펭귄들은 모두 부모만큼 자랐고, 번식지 앞에는 얼음이 녹아서 바다가 드러났다.

번식지 전체에 펭귄들이 검은 점처럼 퍼져 있다. 이제 며칠이 지나면 이곳을 떠나야 한다. 조금이라도 지체했다가 3월이 지나버리면 다시 바다가 얼어붙는다.

나 역시 한국으로 돌아갈 때가 되어간다. 서둘러야 한다.

⋮

아델리펭귄이 바람을 맞으며 서 있다. 마지막 조사를 하러 떠난 날, 멀찌감치 떨어져서 나도 바다를 향해 섰다. 펭귄을 가만히 보고 있으면, 무슨 생각을 하고 있는지 궁금해진다. 왜 추운 바다를 등지고 망부석이 되어 앉아 있을까?

어쩌면 '올해도 무사히 살아냈다'는 안도를 하며 상념에 젖어 있을지도 모른다. '힘든 한 해였지만 올해도 새끼들을 키워냈어. 이제 쉴 수 있겠구나' 하면서 바다를 보고 있지 않을까.
나 역시 힘든 한 해였다. 이번 조사도 잘 끝냈다. 내일이면 한국으로 돌아가는 비행기를 탄다. 어서 집에 가서 쉬어야지.

펭귄으로 산다는 건 어떤 건지 알 수 없다. 그들은 단지 때가 되면 먹이를 잡고 짝을 구한다. 새끼가 태어나고 독립을 한다. 사고가 나서 다치기도 하고 언젠가 목숨이 다하면 심장이 멈춘다. 지구에 있는 모든 동물은 해가 뜨고 지는 주기에 맞춰 하루를 보내고, 하루하루를 버텨 일 년을 살아낸다.

내가 지금 펭귄에 대해 알고 있는 건 아주아주 적은 사실일 뿐이다. 남극 연구자들이 흔히 하는 식상한 비유지만, 정말 빙산의 일각도 채 되지 않을 것이다. 관찰하면 할수록 더 궁금증이 남는다. 평생을 연구해도 펭귄의 삶에 대해 전부 알기는 어려울 거라는 생각이 든다.

하지만 한 가지 확실한 건, 아주 조금씩 그들에게 가까워지고 있다는 것이다. 펭귄에 대한 지식이 늘었는지는 확실하지 않지만, 예전보다는 펭귄을 조금 더 이해할 수 있을 것 같다.

## 장보고의 여름

'서걱 서걱, 쿵!'

얼음이 크게 갈라지며 뭔가에 부딪히는 소리에 놀라 감고 있던 눈을 떴다. 멀미로 어지러운 머리를 붙잡고 창밖을 내다보니 주변은 온통 하얀 얼음으로 가득했다. 그 위로 움직이는 검은 점이 보였다. 아델리펭귄이다. 그렇게 15일간의 항해 끝에 장보고기지에 도착했다.

12월부터 이듬해 2월까지 남반구는 여름이다. 남극 역시 이때가 가장 따뜻하다. 2018년 12월, 장보고기지의 평균 기온은 영하 1.8도, 최고 기온은 영상 3.7도였다. 남극 전역에 약 450만 쌍이 분포해 있는 아델리펭귄은 이 시기에 맞춰 새끼를 낳고 기른다. 우리도 이때에 맞춰 남극 로스해 인근 번식지에서 조사를 시작했다. 12월 10일, 몇몇 둥지에서 새끼 펭귄들이 알에서 깨어나기 시작했고 이때부터 부모는 바빠진다. 암수가 쉴 틈 없이 번갈아 바다로 나가 먹이를 구해와 새끼를 먹여야 한다.

펭귄은 얼마나 멀리 떨어진 곳으로 가서 먹이를 구할까? 답을 구하기 위해 펭귄 몸에 GPS를 부착했다. 그리고 근처에 텐트를 치고 그들이 돌아올 때까지 기다렸다. 펭귄이 한 번 바다에 다녀오는 데 걸린 시간은 평균 2~3일, 가장 늦게 돌아온 녀석은 5일째에 나타났다.

GPS 신호를 확인해본 결과, 보통 30~50킬로미터 거리의 먼 바다로 나가 헤엄쳤다. 가장 멀리 간 녀석은 최대 120킬로미터 떨어진 해역까지 다녀온 것으로 나타났다. 예상했던 것보다 훨씬 먼 바다에서 먹이를 찾는 것으로 보였다.

더구나 번식지는 가장 가까운 바다와도 꽤 거리가 있어서 약 5킬로미터 가량의 바다얼음을 지나야 한다. 즉, 왕복 10킬로미터를 걷거나 혹은 배를 깔고 썰매 타듯이 이동하는 것이다. 이때 펭귄의 걷는 속도는 시속 4~5킬로미터로, 성인과 비슷하다. 하지만 아델리펭귄의 몸길이가 약 70센티미터임을 감안하면 상당히 빠른 속도다. 게다가 얼음 위이기 때문에 인간과 나란히 걸으면 오히려 아델리펭귄이 더 빨리 이동한다. 실제 아델리펭귄과 나란히 바다얼음 위를 걸어본 결과 내가 더 느렸다.

바다를 다녀온 펭귄은 배가 불룩 나와 있다. 바다로 갔다 온 후 몸무게는 평균 7백 그램 가량 증가했다. 어떤 펭귄은 3킬로그램이었다가 4킬로그램이 되어 돌아오기도 했다. 그렇게 열심히 배를 불린 채 둥지로 돌아와 새끼에게 조금씩 먹이를 뱉어준다.

부화 후 약 4주가 지난 1월 6일, 번식지를 찾았을 때 새끼들은 이미 많이 커서 둥지를 떠나 무리를 형성하고 있었다. 곧 잿빛 솜털이 빠지면서 부모처럼 제대로 된 방수깃털이 나올 것이고, 깃갈이가 마무리되는 2월 초엔 바다로 뛰어들 것이다. 그리고 연구팀도 한국으로 돌아갈 준비를 하겠지. 남극의 여름도 이제 절정을 향해 가고 있다.


## 세종의 여름

세종기지 인근 남극특별보호구역 171번 나레브스키 포인트에 젠투펭귄과 턱끈펭귄 5천 쌍이 모여 번식을 시작했다. 짝짓기를 마친 펭귄 부부는 작은 돌을 쌓아 배를 깔고 엎드리면 딱 맞을 둥지를 만든다. 그리고 두 개의 알을 낳아 암수가 번갈아 가며 따뜻하게 품어준다.

12월 첫째 주, 갓 부화한 새끼 젠투펭귄은 짙은 회색 솜털로 덮여 있고 눈이 거의 감겨 있다. 껍질 밖 세상으로 나온 새끼는 당장은 어미에게 먹이를 받아먹지 않더라도 배에 남아 있는 난황으로 버틸 수 있지만 1~2일 내에 영양분을 공급받아야 한다.

새끼 펭귄이 병아리 같은 울음소리를 내며 부모 펭귄의 부리 끝을 쪼는 듯한 행동을 하면 부모 펭귄들은 고개를 기울여 반쯤 소화된 반죽 형태의 먹이를 조심스럽게 부리로 전달한다. 가끔 너무 많이 주려다가 먹이를 흘리기도 한다.

부모 펭귄이 바쁜 만큼 펭귄을 연구하는 나도 바빠졌다. 갓 태어난 새끼는 약 1백 그램이었는데, 부모에게 먹이를 받아먹기 시작하자 하루만에 50그램이 증가했다. 어떤 새끼 펭귄은 불과 일주일 만에 무게가 4백 그램 가까이 불었다.

우리는 펭귄들 가운데 세심하게 몇 쌍을 골랐다. 우선 발육상태가 좋은 새끼들과 깃털 빛깔이 좋고 덩치가 커 보이는 부모 펭귄들을 골랐다. 그리고 그들에게 초 단위로 위치를 저장하는 GPS를 부착했다. 고가의 장치를 회수하려면 바다에서 포식자에게 잡히지 않고 살아 돌아올 만한 펭귄을 골라야 하기 때문이다. 이렇게 기록된 위치정보를 통해 우리는 둥지를 떠난 펭귄들의 이동 경로를 유추해낼 수 있다.

지금도 남극 바다에는 젠투펭귄들이 추적기를 단 채 헤엄치고 있다. 무사히 조사가 진행되면 이번 번식철이 끝날 즈음에는 펭귄들이 어디에서 먹이를 찾아 헤엄쳤는지, 새끼들을 무사히 잘 키워냈는지 알 수 있을 것이다.

남극의 여름 해변, 바다얼음과 펭귄. 지금은 비록 에어컨이 나오는 인천 사무실에 있지만 6개월 전에는 나도 그곳에 있었다.

펭귄은 걷기에 좋은 몸을 갖고 있지 않지만 매일같이 끝도 보이지 않는 길을 걷는다. 그저 살아남기 위해서는 열심히 움직여야 한다. 펭귄에게도 먹고 사는 일은 참 고단한 일상으로 보였다.

며칠 새 한국은 부쩍 날씨가 추워졌고 이제 남극은 봄이다. 철새인 펭귄도 슬슬 돌아올 때가 되었고, 나도 남극에 갈 날이 점점 다가오고 있다. 북극을 다녀온 지도 얼마 안 된 것 같은데, 금세 다시 떠날 채비를 해야 한다.

이 책은 박인애 편집자님의 제안으로 시작됐다. 개인 SNS에 올린 사진과 글을 책으로 엮어보자고 연락을 주셨다. 직접 만나본 편집자님은 나만큼이나 펭귄을 좋아하시는 분이었다.

처음에는 망설였다. "인간과 펭귄의 삶을 비교하면서 단편적인 교훈을 주려는 태도로 비춰질까 걱정스러워요."
하지만 편집자님의 생각은 달랐다. "의식하지 않아도 동물을 바라보고 있으면 자연스럽게 인간의 삶이 연상될 때가 있어요. 그런 면에서 특히 펭귄은 인간에게 많은 영감을 주는 동물이고요. 작가님도 펭귄을 보면서 위안을 받을 때가 있지 않으신가요?"
나도 모르게 고개를 끄덕였다. 실은 나도 힘들 때면 가만히 펭귄 사진을 꺼내어 보곤 한다.

책을 준비하면서 지난 몇 달 간, 남극에서 찍은 사진을 모조리 정리했다. 언제 찍었는지 가물가물한 사진들도 속속 나타났다. 하드디스크 속 어딘가에 숨어 있던 파일들을 꺼내면서 그때의 기억을 떠올렸다. 남극에 있을 때의 기분이 금방 되살아나 혼자 피식거리며 웃고 있는 나를 발견했다.

어느덧 다시 남극으로 떠날 시기가 되었다. 다들 잘 있을까? 어서 가서 만나고 싶다.

2019년 11월 인천 송도에서, 남극행을 준비하며

이원영

# 펭귄은 펭귄의 길을 간다

초판 1쇄 발행 2020년 1월 15일   초판 3쇄 발행 2020년 3월 6일

지은이 이원영
펴낸이 연준혁

편집 1본부 본부장 배민수
편집 6부서 부서장 정낙정
책임편집 박인애
디자인 소요 이경란

펴낸곳 (주)위즈덤하우스 미디어그룹   출판등록 2000년 5월 23일 제13-1071호
주소 경기도 고양시 일산동구 정발산로 43-20 센트럴프라자 6층
전화 031)936-4000   팩스 031)903-3893   홈페이지 www.wisdomhouse.co.kr

ⓒ이원영, 2020

값 13,800원   ISBN 979-11-90427-77-7 03810